¡Ha sido el Pequeño Monstruo!

Helen Cooper

Editorial EJ Juventud

Para Anik

Título de la edición original: LITTLE MONSTER DID IT!
© 1995 by Helen Cooper
Esta edición se publicó de común acuerdo
Con Transworld Publishers Ltd. London
© de la traducción española:
EDITORIAL JUVENTUD, S. A.
Provença, 101 - 08029 Barcelona
editorialjuventud@retemail.es
www.editorialjuventud.es
Traducción de Christianne Scheurer
Segunda edición, 2002
ISBN: 84-261-3109-3
Depósito legal: B.39.090-2002
Núm. de edición de E. J.: 10.111
Impreso en España - Printed in Spain
Carvigraf, Cot,31 - 08192 Ripollet (Barcelona)

Me gustaba más cuando éramos
sólo tres: mamá, papá y yo,
y estábamos tranquilos en casa...

… casi siempre.

Pero un día, antes de ir al hospital,
mamá me hizo un regalo.

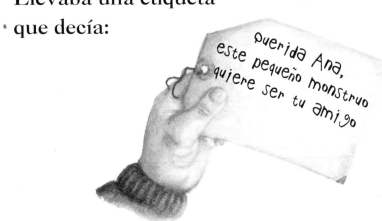

Llevaba una etiqueta
que decía:

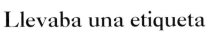

Querida Ana,
este pequeño monstruo
quiere ser tu amigo

Y lo fue. Me quería mucho…

Pero no quería al nuevo bebé.

Mamá entró muy feliz.
–Ven a ver a tu hermanito –dijo sonriendo–.
¿Verdad que es guapo?

–Sí que lo es –dije yo–,
¡pero el Pequeño Monstruo lo odia!

Después ayudamos a papá.

Pero el Pequeño Monstruo
tuvo un accidente...

y los pañales olían tan mal, tan mal,
que nos marchamos.

–Ven, cariño, siéntate a mi lado –dijo mamá.

Pero el Pequeño Monstruo no se estaba quieto
y el bebé no quería comer
y allí no había mucho sitio para mí.

Nos fuimos arriba y pateamos el suelo
como elefantes.

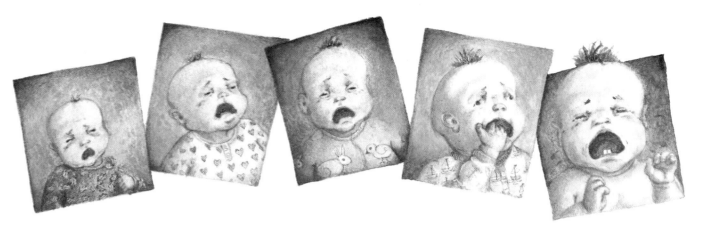

Durante semanas, por la noche,
el bebé no quiso dormir.

El ruido duró todo el invierno
y el Pequeño Monstruo tenía pesadillas.

Por eso nos despertábamos y nos íbamos…

... a ver a mamá.

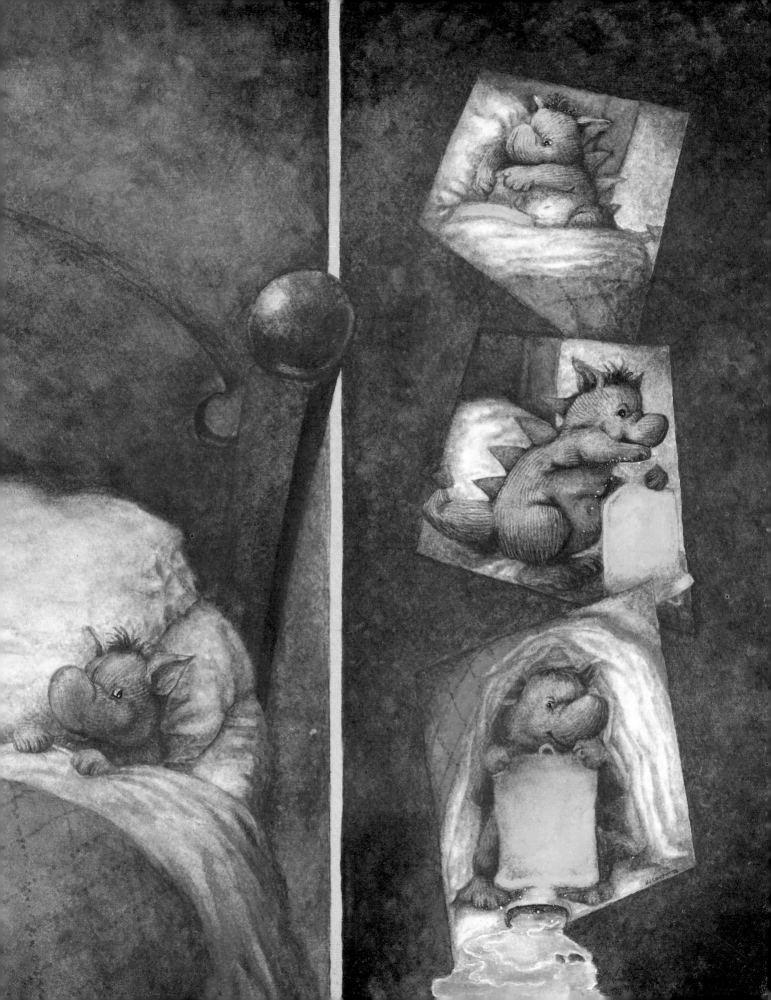

Una noche la cama quedó empapada.
–¡Ha sido el Pequeño Monstruo! –dije.

Y era verdad.
Había vaciado la bolsa de agua caliente.

–¡Vuelve a tu habitación –gritó papá–,
hasta que te portes bien!

Pero el Pequeño Monstruo
tampoco quiso portarse bien allí.

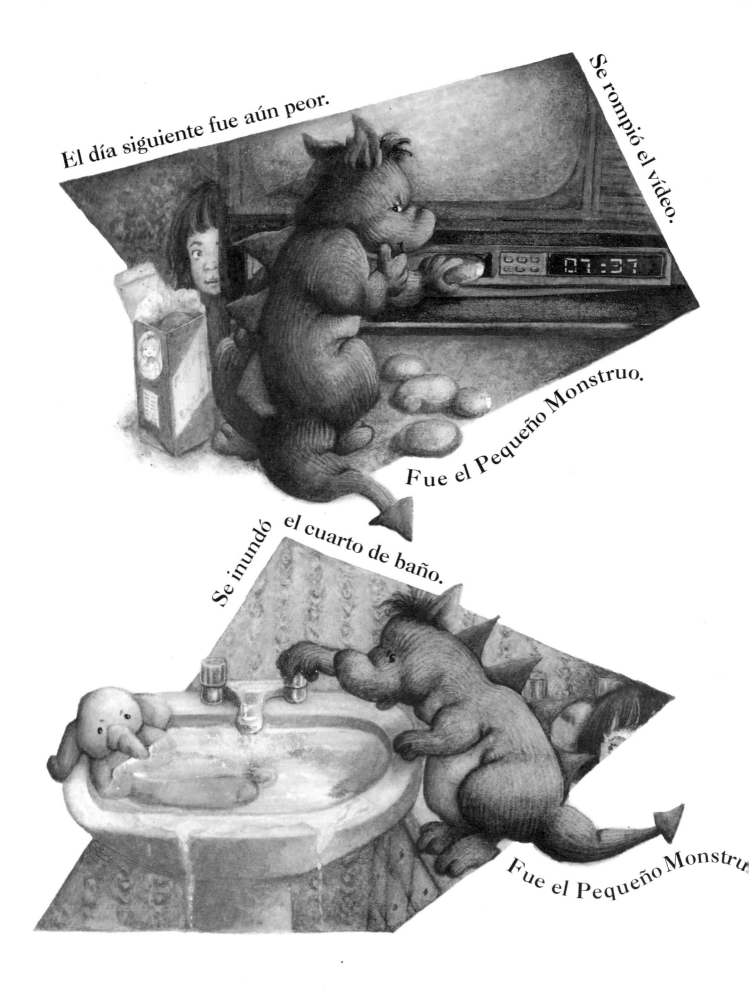

El día siguiente fue aún peor.

Se rompió el vídeo.

Fue el Pequeño Monstruo.

Se inundó el cuarto de baño.

Fue el Pequeño Monstruo.

Se despertó el bebé.

Fue el Pequeño Monstruo.

–¡Si esto sigue así, se tendrá que ir! –gritó papá.

–¡No! –grité yo, y subimos corriendo.

Mamá nos llamó para ver si podíamos ser todos amigos.
Pero el Pequeño Monstruo no quería.

–¿No podríamos devolver el bebé? –pregunté.
Mamá contestó que no.
–Nos necesita para que lo cuidemos.
¿Qué haría él solito?

"¿Qué haría él solito?",
pensé.

Después le ayudé
a secarse los pies.

Y le conté cuentos hasta que se durmió.

Al Pequeño Monstruo no le gustó nada.
Me vino a buscar y me sacó de allí.

Al día
siguiente,
el Pequeño Monstruo
se despertó
muy temprano.
Cuando bajé
con papá
y mamá,
vimos…

... un montón
altísimo de cosas.
¡El Pequeño Monstruo
había hecho
una especie
de limpieza general!

¡El Pequeño Monstruo
se tiene que ir!

–gritó mamá–.

¡Ahora mismo!

¿Dónde podíamos escondernos?

Sólo había un lugar seguro.

Papá y mamá subieron la escalera corriendo.

Me miraron a mí y a mi hermanito.

Miraron al Pequeño Monstruo.

Se miraron el uno al otro.

... y sonrieron.

Salimos de la habitación los tres.
Luego, papá dijo que el Pequeño Monstruo se podía quedar.
Yo dije que mi hermano también.
–Ahora tendremos paz y tranquilidad –murmuró mamá sonriendo.

Puede que sí...

Se lo preguntaré al Pequeño Monstruo.